U0933232

食梦貘·少年·盛夏

程婧波 著

CNS 湖南文艺出版社
HUNAN LITERATURE AND ART PUBLISHING HOUSE
博集天卷
CS-BOOKY

ZUI
Zestful Unique Ideal
最世文化
Shanghai ZUI co.,Ltd

A
Novel
by

Cheng Jingbo

原著
程婧波

Photography
by
Shi Tou
摄影
石头
Illustration
by
Wu Xiaoxian
插画
舞小仙

狩野　楠　徐　陌
渡部 哲也　闫智伟
栗川 瞳奈　程一铭
狩野 舞子　悠　悠

晨光熹微，雾中的远山仿佛触手可及。
名叫狩野楠的少年却只顾背着沉重的行李赶路。

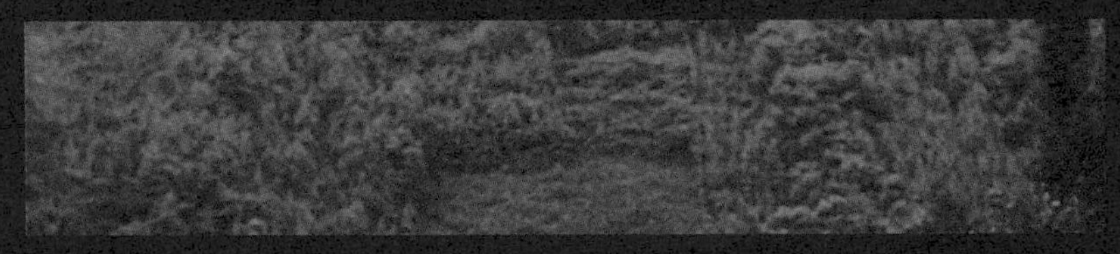

他的行李装在一个巨大的黑色防水布袋里，
形状像是一把瘦削的大提琴。

倘若真的是一把大提琴，那也是一把没有琴弦的。

因为这个布袋里装的，是狩野楠不能与人说的秘密。
既然是秘密，又怎么能发出声响呢？

他的心事从去年夏天就开始了。

虽然这半年去了东京，换了新的环境，
心事却依旧无法放下。

狩野楠默默地在山道上走着，一路上不和任何人有目光的接触。

黑色防水布袋用绑带从最外围仔细地缠绕好了，
背在身后比他还高出一个头。
远远看去就像是背着一个裹尸袋。
又或者像一个少年背着另一个少年。

曾经，就在同样的这条路上，
他的确也这样背过一个少年。
少年从头到脚滴着水，四肢滞重地下垂，
压得狩野楠快要喘不过气来。

那个时候，应当是去年夏天的尾声吧。
然而记忆里却误以为是深秋呢。

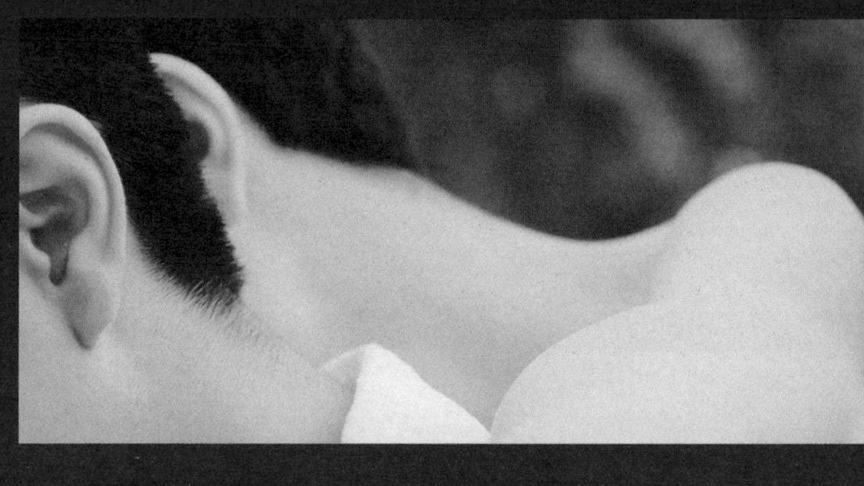

山风把狩野楠湿透的衬衣和裤腿吹得紧紧贴在身上，
他觉得自己好像隔着一张湿漉漉的纸，
被一把剔骨刀反复剐着一样。

每一步都走得这么艰难。

一开始，狩野楠是在声嘶力竭地喊着什么的。
可是后来，他的嗓子已经完全哑了。
他浑身湿透，可是嘴唇却干涸开裂。
与在冷风中负重奔走相比，
更痛苦的是他的那些呐喊得不到任何回应。
他一边往前艰难地迈步，一边仔细听着背上的少年说了什么。

没有。

背上的少年什么也没有说。
只有呼啸的山风。

终于，有一些行人出现在山道上。

“那不是楠和哲也两人吗？”
他们三三两两地停下了脚步，
用迟疑的眼光打量着湿漉漉的狩野楠，
和他背上更加湿漉漉的少年。

“笨蛋！”
那个時候的狩野楠，真想用尽全身的力气这样大叫。
可是他只是张着嘴大口喘着气，什么也喊不出來。

食梦貘·少年·盛夏
夢喰い
少年の夏

(一)

背靠着一片杉木林的这片温泉旅馆，
是大约四十年前就已经建造好的。

那时狩野楠还没有出生，
他的祖父亲手砍来一根一根杉木，
还从八里地以外的河滩上来来回回拾来卵石，
花了一年时间才使它初具雏形。

祖父的长男，也就是楠的父亲狩野滨贺，
那时也不过十六七岁，
如同楠现在的年纪。
祖父不允许楠的父亲参与建造，
因为担心这些粗活会伤到他的手。
“滨贺的手将来可是要振兴祖业的呀。”祖父总是这样说。

狩野家曾经出过一位室町幕府的御用绘师，
之后也陆续出过一些有名的绘师——那自然已经是几百年前的事了。
但是祖父总是希冀着家族里能再出一位优秀的绘师。
无奈狩野滨贺在几年前就病故了，
他留在这个世界上唯一的作品，就是儿子楠。

现在，这种期望果真压在了狩野楠的身上。

站在温泉旅馆的门口，狩野楠伸手理了理头发，
想把回忆里的少年从背上甩掉。

已经是一个新的夏天了啊。
他这样想的时候，心里却泛上来一种说不出的苦涩。

这种苦涩是那么柔和、绵长、湿润。

刚才在山道上的行走，已经让他的手心和脊背微微有些出汗。
其实离开这里也不到半年而已，
但总觉得似乎已经过了很久了一样。

湯

在三重县东部山林中的这个小村落，是狩野楠的家乡。
他为了求学而去东京的一所艺术学校待了半年。

东京的一切，和眼前熟悉又陌生的家乡，完全不在同一个世界。
如同它们是各自旋转于池塘中的两个水泡，
有着完全不同的自转速度，映照着完全不同的风景。
在东京的半年，
好像一下子给狩野楠的脑子里塞进了要用三年五年才能消化掉的东西。

而回到三重县之后，时光又不再像那匹带着涩谷气息的疯马了。
时光在这里打着响鼻，低下头，平静了下来。

狩野楠看着眼前熟悉的温泉旅馆。
他就在这里出生。
旅馆一楼有两间给客人用的和室，两间男女分开的大汤池，
二楼是主人住的地方。

在狩野楠去东京上学之后，就只剩下他的祖母狩野舞子住在这里。

“我回来了。”他拉开前厅的栅门，
一边脱鞋一边冲着屋里说道。

客厅的榻榻米上围坐着一家人，他们正热闹地谈论着什么，
只有坐在靠近门边的男人被突然走进来的狩野楠吓了一跳。

“啊，你是舞子的孙子吧？她刚才还在念叨呢。”
看起来像是这一家的父亲的那个男人说着，
指了指厨房的方向。

狩野楠朝男人点点头，走进了玄关。

“是楠回来了啊。”舞子也已经听到了外面的声音，
拉开了厨房的移门，“正在给客人做晚饭呢。”
“不过，楠的晚饭已经做好了，很久没有吃到奶奶做的蒸金目鲷了吧？”
“不是很饿。”狩野楠说。

舞子的表情有些失望。

“我先上楼了。”
他微微鞠了个躬，转身上楼。

“那就好好休息一下吧。”
舞子望着狩野楠的背影说，
“对了，要不要泡个澡？”

“不用管我。有些困，只想睡觉。您先吃吧。”

狩野楠卸下行李的一边肩带，挎着另一边上了楼。
背着行李走了这么久，这才觉得肩膀两边都有些火辣辣地痛。

他进了自己的房间，把行李从肩头卸下，轻轻靠在屋角放好。
舞子已经提前把这里打扫得一尘不染，
连薄毯和棉被都已经拿出来摆在了叠席上。

狩野楠在房间的中间坐了下来。
慢慢地躺倒，
舒展开四肢，
摆成一个大字。

然后侧过身，
伸出纤长的胳膊和腿，
抱住了行李。
虽然是防水布袋，
但是经过刚才的一番山间行走，
布袋上已经沾了一层水汽。

慢慢地，他颤抖着哭了出来。

他用脸摩挲着防水布袋的表面，
眼泪和那上面的水汽混在一起。

“笨蛋！”
经过漫长的一年之后，
狩野楠咬着牙，终于说出了这两个字。

(二)

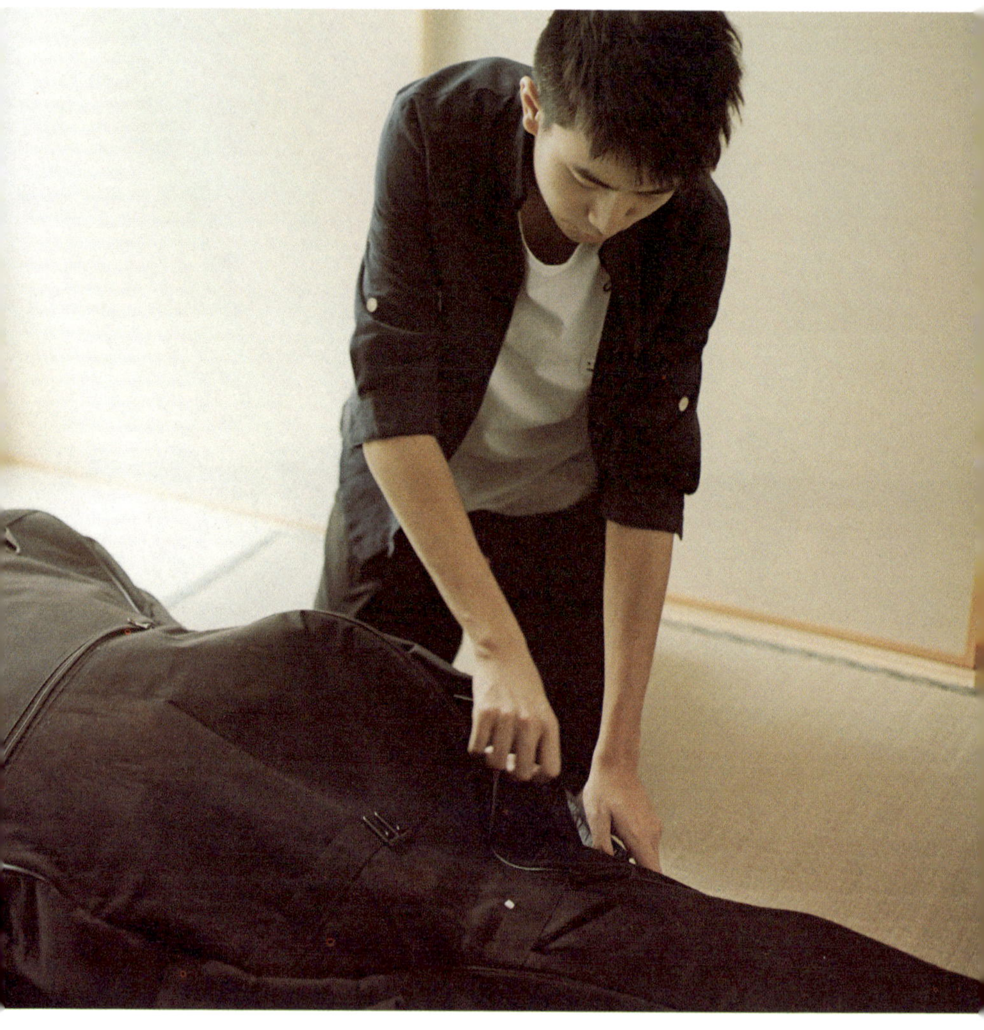

醒来的时候已经是第二天的早上了。

楼下传来客人一家向主人告辞的声音，还有舞子的笑声。
以及“承蒙款待”“多多关照”之类的话语。

狩野楠身上还穿着昨天的那件 T 恤衫。
睡了一晚，连短袖的袖口都皱巴巴的了。
他拉开隔扇，从衣柜里找出两件衬衫和两条短裤。

他走到还未打开的行李边，把衬衫和短裤平展地摆放到叠席上。
然后跪在布袋前，伸手小心解开绑带，
随即“哗啦”拉开拉链。

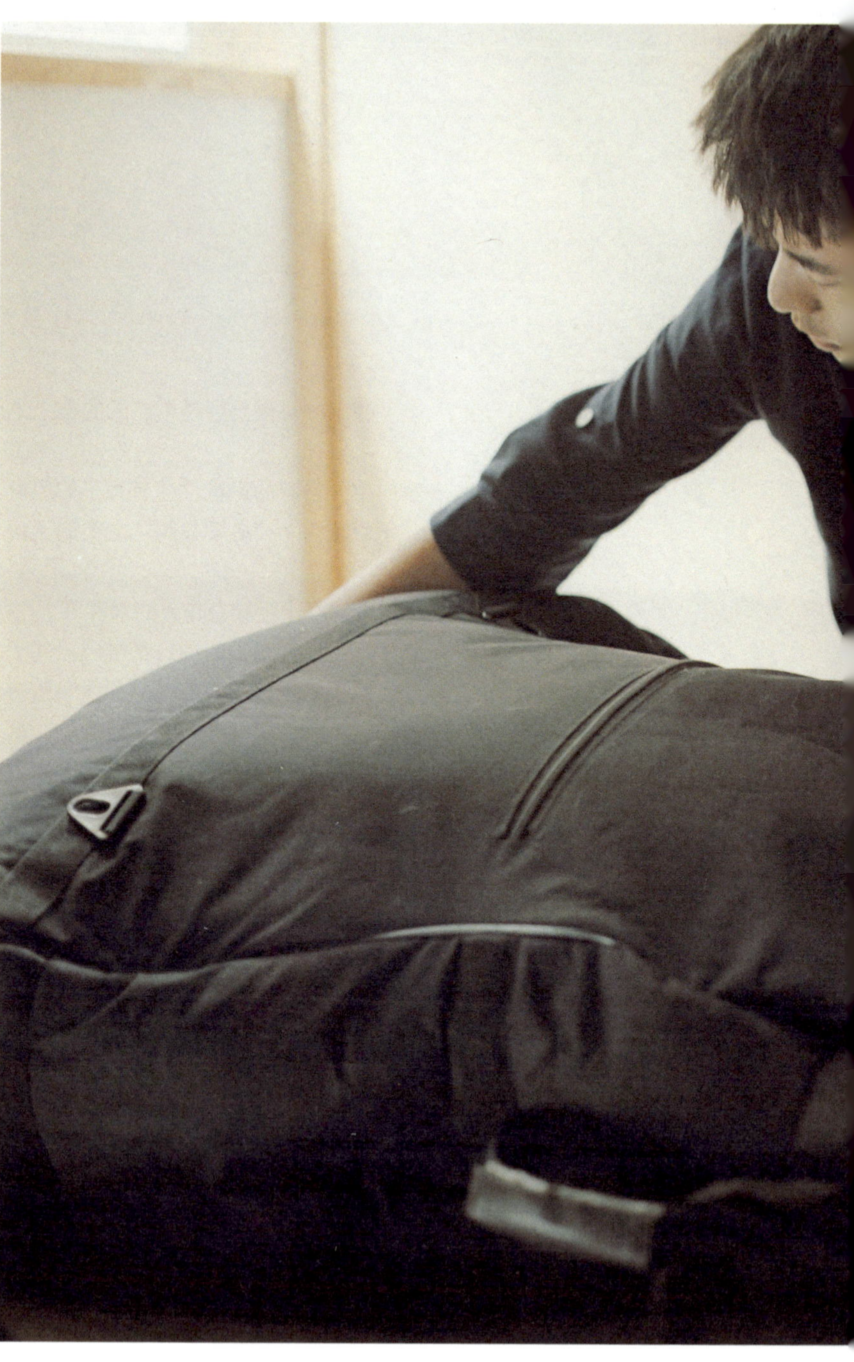

黑色防水布袋里，
露出一小撮湿淋淋的乱发。
接着是头发下的额头，
额头下的眉毛。

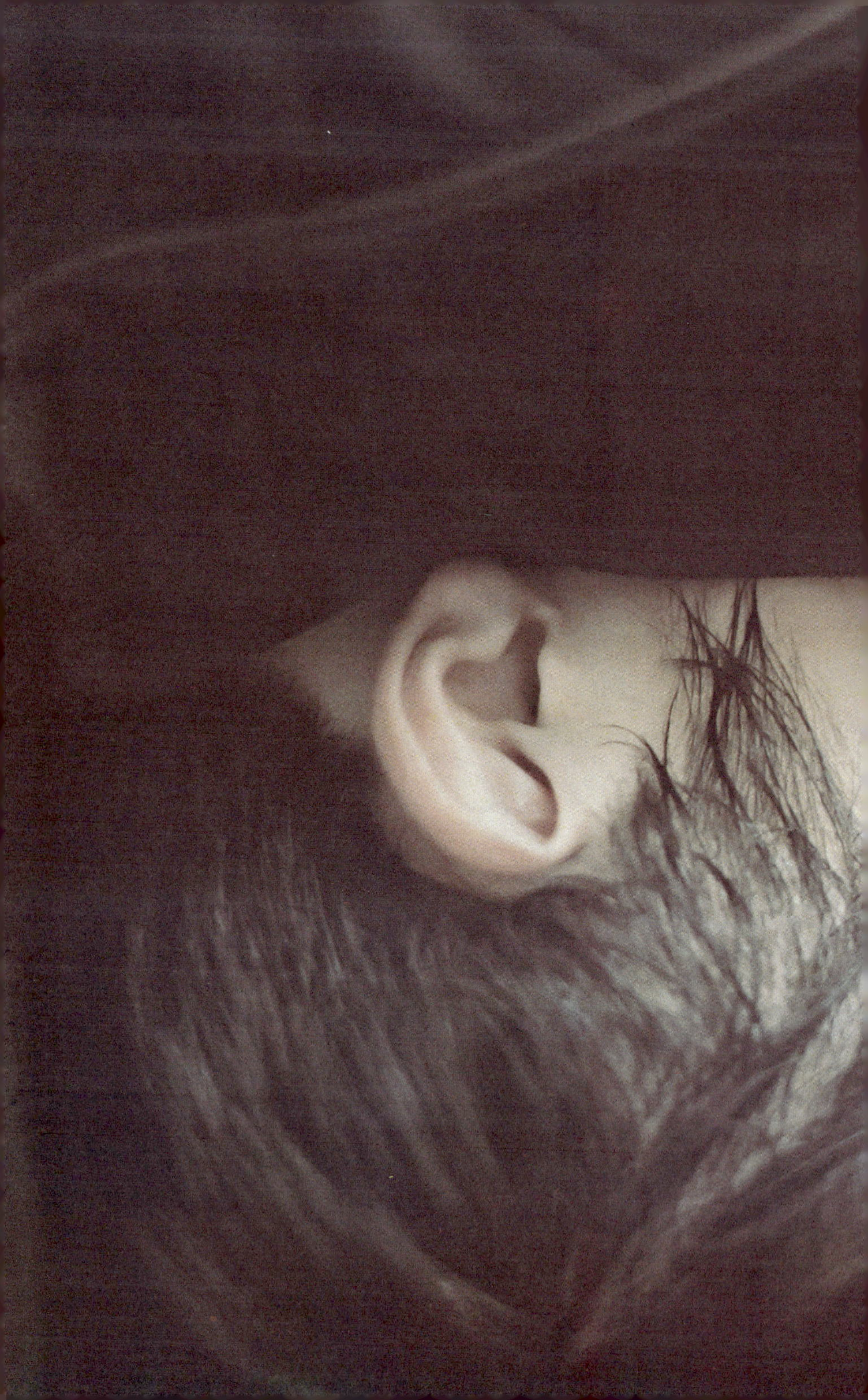

眉毛下紧闭的双眼，
眼睛下苍白的脸颊，
脸颊下微翕的嘴唇。

接着是下巴，脖颈，
瘦削的肩膀，纤白的胳膊和手指，
泛着青灰色亮光的膝盖，
像鸟的羽翼一样收紧的腿和脚。

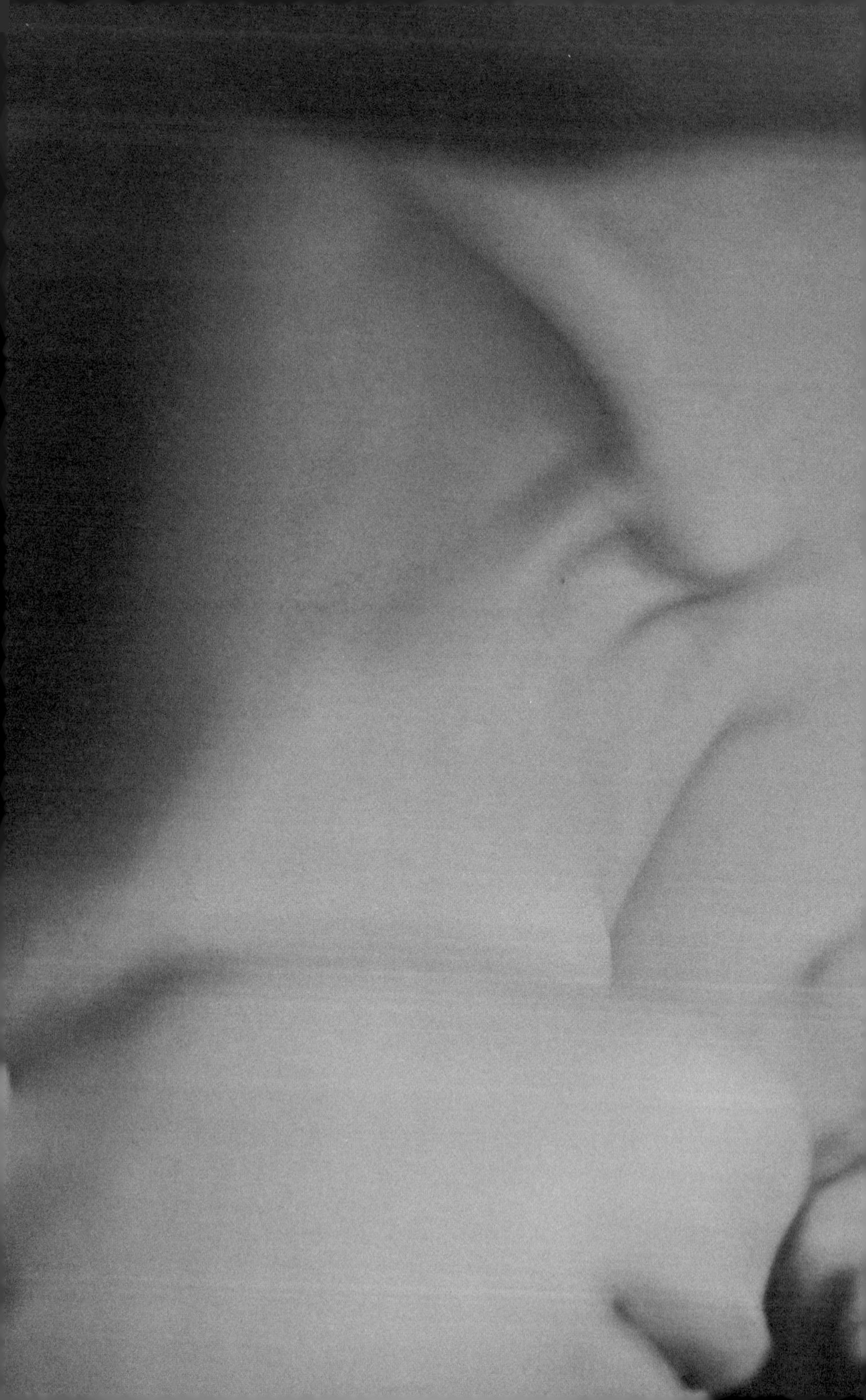

现在，
狩野楠的面前，黑色防水布袋已经完全打开了，
里面躺着一个赤身裸体、浑身湿透的少年。

这，就是他千里迢迢从东京背回来的东西。

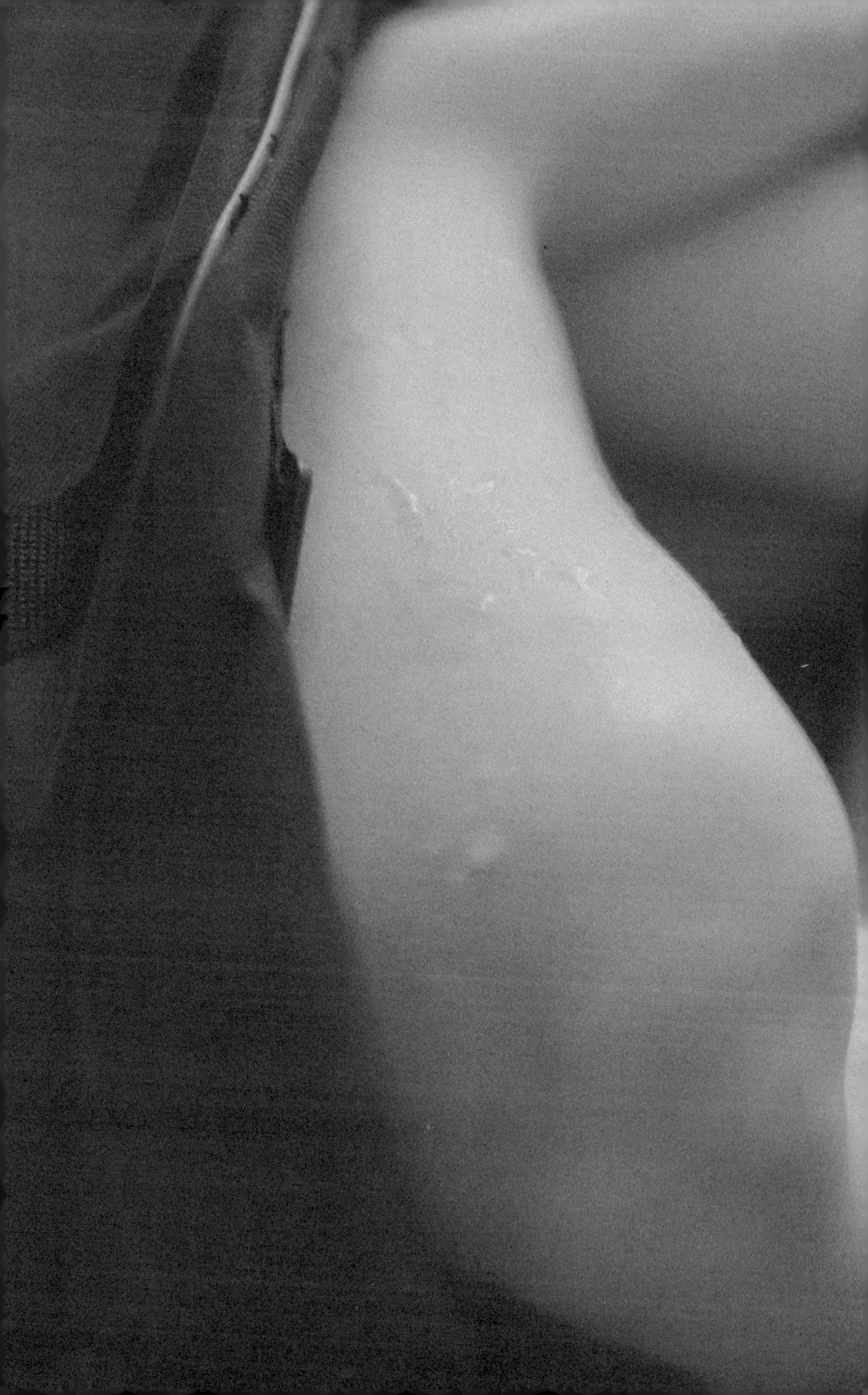

狩野楠盘腿坐在蜷缩成一团的少年面前，
屏息凝视着他滴水的发梢和湿漉漉的脸。
少年的睫毛也湿漉漉的。
他在晨光中睁开了双眼。

“哟。”少年揉了揉眼睛，朝狩野楠打招呼，“昨晚睡得好吗？”
“托你的福，什么都没有梦到。”
“那是自然。”少年说着，一骨碌钻出了布袋。

他伸了一个懒腰，四下打量着这个房间。

“喏，衣服。换上吧。”狩野楠指了指刚才放好的那两套衬衫和短裤。

两人各自换上干净的新衣。

“从东京到这里，很辛苦呢。”少年半开玩笑地说。

“狩野君为什么要这么辛苦地把我从东京带到这里来？”

“那个，你不是食梦貘吗……”

“啊，说起来，我也不容易呢。”少年打断了狩野楠，

“昨晚的梦境里全都是水。”

“我的胃现在都被水给胀饱了，全都是为了吃掉你的这个梦——当然，
“我向来也是来者不拒的，只要是悲伤的梦我都吃。
“狩野君的梦很合我的口味呢。”

“是吗？”
狩野楠说，
“那么接下来的日子也拜托了。”

さん

（三）

男
ゆ

狩野楠和食梦貘少年一起下了楼。

狩野楠看到汤池门口的供几上放着一盘青团，随手拿了一个塞进嘴里。

栅门外，舞子还在一个劲朝着远去的客人挥手告别。

“您这么早就起来了啊。”狩野楠走到舞子身后，
再抬眼看看那渐行渐远的一家人，
已经快要消失在山道的转角。

“啊，楠也起来了。”
舞子回过头，笑眯眯地说，
“一起吃早饭吧。刚才的这一家客人原本预订了一泊二食。
“结果今天早上说什么也不吃早饭了，着急赶回爱知去呢。”

“哦。”狩野楠心不在焉地答应着，靠在门边抱起了胳膊。
虽然是夏天，山里的清晨还是有一丝凉意。
倒是已经年届六旬的舞子因为常年在山里生活的缘故，
一点也不觉得冷。

出嫁之前，舞子曾经是一个海女。
到老之后海女的身板都特别硬朗吧。

吃早饭的时候，屋后传来“哇哇”的声音。
有点像婴儿的哭声，也有点像春天的猫叫，
但仔细一听，又变成了和尚敲木鱼一样的声音。

舞子说她什么也没有听到。
狩野楠却被这叫声吵得有些心烦。

食梦貘少年则在屋外的院子里蹲着研究舞子种的番茄。
“大约是林子里的旱蟾蜍吧。”舞子说，
“楠要是觉得被打扰到的话，也多多忍耐吧。”
“如果打死蟾蜍的话也会像蟾蜍一样死去呢。”

舞子现在年纪大了，总爱说一些奇怪的话。
好像这座山里的一切都随着她的年纪渐长，
而慢慢都成了精似的。

为了解释刚才那句奇怪的话，
她拿手在头发和脸上各摸了一把说：
“会像被打死的蟾蜍一样，秃着脑瓜……”
“耷拉着脸皮那样难看地死掉呢。”

狩野楠被逗笑了。

“对了。”

舞子站起来，走到厨房取出一个用布包起来的食盒递给他说，

“原本为那家客人准备的，还剩这么多呢，可以拜托楠拿去给栗川家吗？”

“啊……好的。”

狩野楠站起来，从奶奶手里接过了食盒。

从狩野家的温泉旅馆，到栗川瞳奈的家，
这条路从狩野楠记事起就很熟悉了。

可以说不用经过大脑思考，
不知不觉就能走到瞳奈的家门口。

唯一的不顺是在半道上遇见了一位带着孩子的母亲，
非要和狩野楠说上几句，并且拉着自己的孩子，
让他像哥哥一样好好念书。

“哥哥可是在东京上大学呢！”母亲一手拽着孩子，
一手拽着狩野楠的衣角说。

那个孩子只有三四岁的样子，头顶留着一圈少见的河童发。

母亲留意到狩野楠在看自己的孩子，
殷切地说道：“哥哥会待多久再回东京呢？可以教教源太画画吗？”
狩野楠被那位母亲的样子弄得十分不好意思，
支吾着答应道：“会待上一阵子吧。”

好不容易摆脱了那对母子，继续走在去瞳奈家的路上。

“昨晚狩野君的梦里也出现了那孩子。”
食梦貘少年突然说。

狩野楠扭头看着少年：
“怎么会？并不是很熟识。”

“说起来嘛，倒也不一定就是那孩子。”
食梦貘少年举起两只胳膊，
枕到后脑勺上，一边往前走，
“只是头发的样子一模一样。”

“那个啊，是河童发。”

“哦，是了。”
食梦貘少年眯起两只眼睛，
琥珀色的瞳仁转了一下，
从浓密的睫毛后面盯着狩野楠，
“那么出现在狩野君梦境里的是河童了。”

听到他这样说，狩野楠好像并不吃惊。
“可是，狩野君的梦里为什么会出现河童呢？”
少年问着，又像是自言自语。

“快走吧，食物凉掉的话就不太好吃了。”

狩野楠大步朝前走去，
看起来也不像是打算回答少年的样子。

瞳奈家的狗大老远就开始吠叫起来。

等狩野楠走到栅门那里，狗的叫声才止住。
狩野楠一边隔着栅门伸手去摸摸狗的前额，
一边回头对食梦貘少年说：“舞子说狗能够闻到精怪和鬼魂的气味。”
“它刚才一定是远远就闻到你了。”

食梦貘少年不置可否。
这时栗川家的奶奶出来了。

“是楠啊，快进来吧。”栗川奶奶说。
狩野楠刚把食盒交给栗川奶奶，瞳奈就出现在了门口。

不知道是不是怕狗的缘故，食梦貘少年紧紧跟在楠的身后，
不敢再去种着伊势芋和杜鹃的院子里乱逛。

栗川

栗川

“狩野君在东京上大学，很叫人羡慕呢。”
半年前，瞳奈在给狩野楠的信上这样写道。
现在见面了，她也还是说着同样的话。

似乎东京和三重县之间隔了千山万水，
半年的时间已经让从小一起长大、无话不谈的朋友变得没来由地生疏起来。

“其实……已经决定不再去那所学校了。”狩野楠说。
“为什么？不是说是爷爷和爸爸的期望吗？舞子知道了会很伤心吧。”
瞳奈说到这里，突然捂住嘴，
有点担心地看着狩野楠。

狩野楠却笑了起来：

“这才是你的样子啊。想到什么马上就说出来，这才是栗川瞳奈的样子嘛。”

“可是，不再去上学，真的没问题吗？”

“嗯，还没有告诉舞子。可是我觉得自己根本不是什么画画的料。”

“在东京的时候什么都不顺。”

“胡说。狩野君很有画画的天赋呢！”

瞳奈说到这里，又再次下意识地闭上了嘴。

“我看这家伙根本就像他自己说的，不是什么画画的料。”

食梦貘少年站在一旁说，

“在东京的时候只会在画布上乱涂一气。

“我就是从那会儿开始留意到他的，是吧，狩野君？”

狩野楠没有理会他，站起来跟瞳奈告别：“那么我就回去了。”

“不多坐一会儿吗？”

“不了。回见。”

“回见。”

よん

(四)

此刻，距离温泉旅馆八里地的河滩上，
一个垂钓的人也没有。

狩野楠坐在一块白色的卵石上歇脚。
这块卵石挨着另一些白色卵石。
另一些白色卵石又挨着更多的白色卵石。
这些白色卵石连成一片，
在正午的日光照射下让人几乎睁不开眼。

食梦貘少年在他身后不远的地方，
支着画板在画画，
“喂，狩野君，你也来画几笔。”

“不是说过再也没法握住画笔了吗？”
狩野楠头也不回地说。

“那我就不客气啦。”
食梦貘少年说着，有模有样地在画布上涂了起来。

过了一会儿又歪着头看着他说：
“还是放不下那件事吗，狩野君？”

“因为手上有旧伤的关系，握不好笔。

“在东京的时候不是全告诉过你了吗？”

“可是，还是放不下那件事的吧。

“手上的伤什么的，也是心理作用吧。”

食梦貘少年停止了涂色，把画笔横过来，
架在噘起的上唇和鼻尖之间，

“是去年夏天受的伤吧？”

狩野楠低头盯着自己的右手看了一会儿。
日光照得一切都发出不真实的白，
他眯起了眼。

那天从瞳奈家回去之后，
他曾经试过拿起画笔画画。

舞子在院子里给番茄和海棠锄草。
狩野楠拿来一张纸和一支铅笔坐在门廊的台阶上为舞子画起了速写。

“今天遇到明玉家的女人和他家小儿子了吧？”舞子问。

“啊，是的。”
狩野楠看着渐晚的天光下弓着身子劳作的舞子，
手上的笔并没有停下，
“那孩子好像叫源太。第一次见就让人教他画画……”
“不是第一次见。”舞子说，“去年就已经见过。”
“只是今年立春之后那孩子被他母亲带去剃了个河童发，说是为了辟邪。”

“哦。”狩野楠停下了手中的笔。
“因为河里淹死了个孩子的事吧。”舞子说，
“明玉家的女人那天正好看到了。”
“‘舞子奶奶，是河童作祟大白天拉人下水的呀’，她每次见面都这样讲。”

狩野楠站了起来，把速写本夹在肘下，返身回到屋内。
他把刚刚画好的舞子劳作的速写放在供几上，
正要上楼，舞子已经从院子里进来了。

她一路絮叨着：
“明玉家的女人也真是胆小。
“从前我做海女的时候，我们那儿的人根本不怕什么河童的。
“我也是嫁给了你祖父来到山里，才知道这里的人居然最怕河童。
“我们海边很少看到河童，但有一种水蝹，
“不留神看还以为是脱得精光的小孩子。
“有时遇到有潜水出事的海女，水蝹就抱着不让尸首浮上去。
“有一次我潜海挖鲍鱼，看到水里有个女人抱着孩子。
“两人都脱得精光，以为是哪个海女在教孩子潜水呢……
“结果仔细一看，
“是只水蝹在就着海水吃那已经淹死的女人的脑子。”

“狩野君。”食梦貘少年的话打断了楠的回忆，“狩野君的右手，是去年夏天在这里受的伤吧？”

“你说，这条河里真有什么河童吗？”狩野楠把目光从自己的手上移开，看着少年。

“这样一说，倒是想起来刚才来的路上看到一位穿蓝色绸衫的大叔。”

不知道什么时候，
食梦貘少年已经把架在上唇的笔取了下来，
在五个指头之间轮流转来转去，
柔软的笔尖因此甩出去几圈青灰的墨汁，
是远山的颜色。

“来此之前并不知道山中还有狐狸呢。”

“胡说什么啊，那个大叔怎么可能是狐狸。”

“狩野君没听说过吗?

“三重县的狐狸只肯穿染蓝的绸缎做的羽织才会出来见人。

“啊，而且背上还有狐狸的家纹呢。”

“狐狸的家纹？真的吗？是什么样子？刚才一点没注意啊。”

“哈哈哈哈哈，认真起来了啊。只是和你开玩笑呢。”

少年望着坐在河滩卵石上的狩野楠，笑了起来。

（五）

慢慢地，

狩野楠发现他再也不用辛苦地隐藏自己的秘密了。

他在院子里扫地的时候，
食梦貘少年在一旁数着番茄红起来的个数，
伸手比画着果子的个头。

他在起居室的榻榻米上坐着临摹的时候，
食梦貘少年在他身后趴着翻看一本去年的《周刊少年 Jump》，
有时是独自打电玩。

他和舞子一起吃饭、说话或者只是在骤雨到来的屋檐前发呆的时候，
食梦貘少年就在他们身边走来走去，
有时还会偷偷朝狩野楠做个鬼脸。

现在，狩野楠相信，舞子的确已经老了。
她老得看不见食梦貘少年。
不只舞子，其他人也看不见食梦貘少年。

和食梦貘少年并肩走在山道上时，
狩野楠也不再只是低着头躲避乡邻的目光了。

他们总是亲切地笑着拉住他，同他攀谈，
但对站在他身边的少年绝口不提，视而不见。

只是瞳奈家的狗总是远远地就开始吠叫起来，
样子凶得吓人。

所以后来再去的时候，狩野楠请求舞子多做一份鲷鱼烧给他。
鲷鱼烧的肚子里包着一枚从山腰的寺庙里兑换来的铜钱。
不知道是铜钱的效果，还是鲷鱼烧令人垂涎欲滴的香味的缘故，
只要狩野楠把鲷鱼烧放到瞳奈家的门口，狗就不再吠叫了。

但瞳奈和狩野楠闲聊的话题也还是那些——
“狩野君今天又去河滩了吧？”
“嗯。”
“回来之后好像每天都会去呢。”
“嗯。”
“手上的伤好些了吗？”
“已经可以握笔了。最近也有练习速写。”

他们坐在地板上说话的时候，
食梦貘少年总是很沉默。
瞳奈从来不和食梦貘少年说话，
这让狩野楠不确定瞳奈是不是也和其他人一样，
看不见食梦貘少年。

“狩野君没再提过做梦的事了呢。”瞳奈说。

“嗯？”

“去东京之前，总说晚上睡不好觉。”

“啊，那个啊……”

狩野楠扭头看着正在一旁低着头翻漫画书的食梦貘少年。

“暑假就快结束了。这个夏天真短啊。”

“去年却感觉无比漫长呢。”瞳奈说。

狩野楠点点头。

“还是去吧。”

瞳奈拿手撑在地板上，盘腿看着狩野楠，

“暑假结束之后，还是去东京继续画画吧。

“舞子不是从来不知道狩野君之前原本不想再去东京的事吗？

“这样的话，就当什么都没有发生过，回东京去吧。”

这时食梦貘少年也把正在看的漫画书合了起来，

扭头望着狩野楠。

“哲也的话，也会是同样的想法吧。”

瞳奈不依不饶地说。

“哲也吗……”狩野楠慢悠悠地说出这几个字，

感觉吐出的音节隔了一个秋冬春夏，变得生疏起来。

“真怀念啊。”瞳奈吁了一口气，

“哲也，狩野君，还有我，真怀念以前一起上学的日子啊。

“不过现在我们各自上了大学不是吗？虽然哲也没有上大学。

“但他也一定会说：狩野君，继续去东京画画吧。”

哲也真的会这样想吗？

瞳奈的口气很笃定。

她过去常常嘲笑狩野楠和哲也两人就像旧木屐变的付丧神，

总是成双成对、形影不离。这样的情形，

一直持续到去年夏天。

狩野楠感激地看着瞳奈。

“每天被这家伙跟在身后。

“吃饭睡觉刷牙上厕所都跟着。

“不知道他到底怎么想的呢？”

狩野楠没头没脑地说。

“这家伙？”瞳奈问。

狩野楠指指在一旁瞪着自己的食梦貘少年。

瞳奈看着面前的少年。

他的眉间有一丝悲伤，脸上却挂着奇异的笑容。

他的手伸向自己的近旁，仿佛那里坐着另一个人。

这个叫作楠的少年，他伸出的手，只是指向空无一物的地板。

“他是食梦貘。我在东京的时候遇到的。”狩野楠说。

"啊。"

瞳奈看着狩野楠伸手指向的虚空，

又缓缓地看回狩野楠的脸，温柔地说，"他长得还真像哲也呢。"

"说是食梦貘，但并不是什么噩梦都吃的。

"我只喜欢吃那种有悲伤滋味的梦。"

只存在于狩野楠脑海里的食梦貘少年耸耸肩。

瞳奈问："可以把他借给我一天吗？"

"这个……瞳奈要的话，当然没问题。"

狩野楠搔搔后脑勺。

“说起来，我也想换换口味了。”
食梦貘少年用右手食指轻轻敲着下嘴唇说，
“狩野君这家伙的梦，总是湿乎乎的。
“瞳奈酱做个香喷喷的梦给我吃吧。”

从瞳奈家回温泉旅馆的路上，
狩野楠变得两手空空。

食盒和食梦貘少年都留在了瞳奈家。

想到瞳奈原来能够看到食梦貘少年，
狩野楠不禁嘴角微微上扬，步子也轻快了许多。

如果说他希望有谁能够知晓自己的这个秘密的话，那一定是瞳奈吧。
可是他们之间还是不能像以前那样无话不谈。
不是因为瞳奈，而是因为他自己。

他有那么多的话，不知道怎么说出来。
他有那么多的悲伤，
在东京的时候都被食梦貘少年在每一个夜晚吃得干干净净。

早上醒来的时候，他脑子里却再也回忆不起任何梦境，
嘴里只剩下苦涩。柔和、绵长、湿润的苦涩。

终于，今晚可以做一个梦了。悲伤的梦也好，只要醒来还能记得。
想到这里，狩野楠感觉到了一丝轻松，甚至期待。

33

㈥

“楠不敢去河中央，是因为怕河童吧？”
哲也一边打着水漂一边说。

狩野楠笑了笑，低头继续画画。
他在临摹一幅《崖下布袋图》的仿品，
原本没有打算跑到河滩上来临摹，
但是哲也说“河滩边正好可以涮笔”，
于是他就跟着来了。
哲也捡石子打水漂，独自玩得有些无聊，
便无话找话：“舞子奶奶说她见过河童。
“她还在当海女的时候，有长辈说自己能叫河童出来。
“就叫了个河童出来给她看。”

“那是水蝠吧。舞子说海边很少看到河童。”
哲也坏笑起来：“总而言之，楠不敢下河，是害怕河童这种东西吧？”
“哪里的话。可是画还没有完成，没有心思干别的。”狩野楠认真地说。

哲也只好继续扔起了手里的石子。
过完这个暑假，两人就该升入大学了。

过了一会儿，狩野楠走到河滩边去涮笔和墨盘。

突然他惊恐地朝着水里大叫起来：
“什么东西？放开！快放开我！”

他那只握着画笔的手浸在河水里，
好像在浪花和激流中被什么东西拖住了一样，
连半截身子也被拽歪了。

哲也被这一幕吓了一跳。
哲也很快反应了过来，扑向挣扎在水里的楠，伸手拉住他。
可是，那股拽住楠的力量却仿佛加大了，
连哲也都有点站不稳，险些跌进河里去。

“是河童！”狩野楠满眼恐惧地看着哲也。
哲也也满眼恐惧地看着楠。

就在这时，楠却在水中站直了身子，
举起拿着画笔的手，嬉皮笑脸地对哲也说：“看，是河童。”

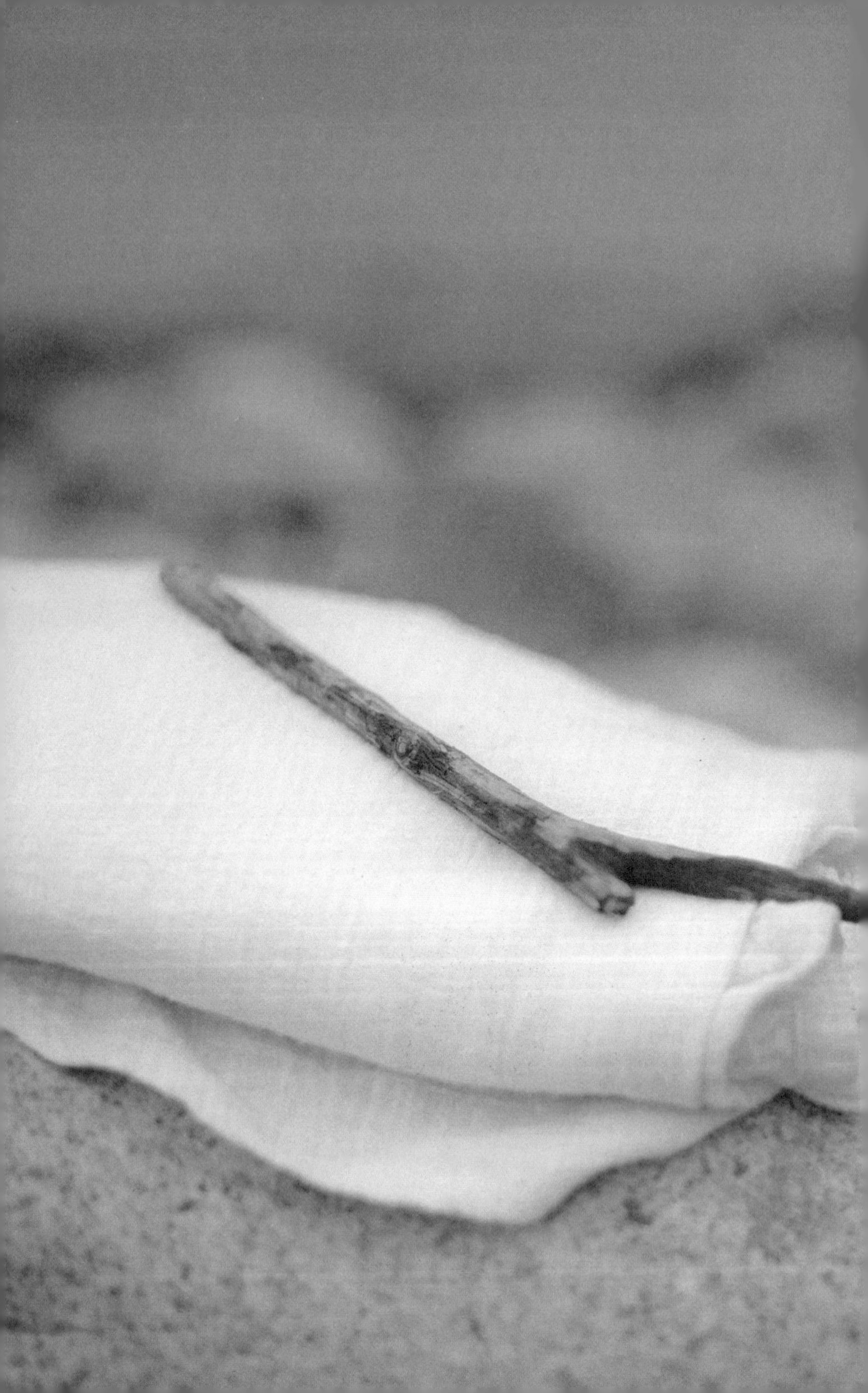

“浑蛋。”哲也一拳打在楠的胳膊上。
两人走回岸上，狩野楠完成了恶作剧，
继续临摹了起来。

哲也却被他害苦了，浑身都湿透了，
只好把衣服裤子脱下来晾在河滩边的卵石上。

赤条条的哲也在河滩上待得越发无聊，
便涉水到河中心去洗澡。

下个月就要去东京参加最后一轮艺考了，狩野楠自信满满。
他临摹的京都南禅寺墙壁上的《二十四孝图》被教授说是“有模有样”，
闪闪发光的东京就在未来的某处等着他呢。

突然，河中心的哲也突然怪叫起来。
“那家伙是想用恶作剧整回来吧……”
楠头也不抬地继续画着。

哲也在水里扑腾着，大喊了几声，便不再作声了。

狩野楠这才抬起头，想要奚落对方一番，
谁知却看到河心的水面上只剩下哲也的半个头，
水正灌进他无声的嘴里。
哲也整个人就像一个浮漂那样在水里上下浮动着。

狩野楠马上意识到真的出事了。
他不记得自己是怎么冲进了河里的。
他只记得那个时候，浮漂一样孤零零漂在河中心的哲也，
跟自己离得那么远，好像隔着几亿光年的距离。

水里仿佛有千万只河童的手，阻挠着他游向溺水的哲也。
那些手抓着他的胳膊，拽着他的小腿，捂住他的口鼻，
蒙上他的眼睛和耳朵……那些手无处不在，
粗暴地把他推向河岸的方向。

他越是要努力靠近哲也，就被推得越狠。
他在这条无边无际，
宽达几亿光年的河流里绝望又不知疲惫地游着，
游着，
游向触手可及却又遥不可及的哲也……

他不记得自己是怎么抵达哲也身边，又是怎么把哲也带回了河岸。
他不记得自己是怎么把哲也放到背上，朝着家的方向飞奔。
手是什么时候受伤的呢？他不记得了。

他呼唤过哲也的名字吗？
按压过哲也的肺部吗？
为哲也做过人工呼吸吗？
他统统不记得了。

他只记得山风把自己湿透的衬衣和裤腿吹得紧紧贴在身上，
记得背上的哲也带来的那种湿冷瘦削的触感，
让自己好像隔着一张湿漉漉的纸，被一把剔骨刀反复剐着一样。

他只记得每一步都走得那么艰难。
从声嘶力竭到嗓子完全哑掉，
哲也没有任何回应，没有。

不要说哲也，就是整片山林，整个世界，
除了呼呼的风声，也再没有半点回应。

“笨蛋！”他只记得那个时候的自己，真想用尽全身的力气这样大叫。
可是他只是大张着嘴喘着气，什么也喊不出来。
好像溺水的不是哲也，而是他自己。

他强迫自己的肺吸进空气，再吐出去。
他必须全神贯注，每分每秒都告诉自己这样做。
甚至都来不及悲伤。

(七)

暑假结束了，
哲也永远停留在了十七岁。

夏天转到秋天，
狩野楠被东京的大学录取了，
瞳奈也考入了三重县的一所大学。

狩野楠的手有足足半年握不住画笔。
他生了一场重病，
不得不一开学就请了半年的病假。
立春之后他终于收拾行囊去了东京，
在那里他遇到哲也。

躲在崭新宿舍的衣柜里，
赤身裸体地，就那样湿漉漉地躺在楠带去的棉被里面。

像是他一贯的恶作剧。

哲也的睫毛也湿漉漉的。
是他去年夏天在河滩上的样子。

狩野楠终于记起了哲也溺水之后的模样。
他凝视着哲也的脸，心里痛得无法呼吸。

哲也在晨光中睁开了双眼。

“哟。”他揉了揉眼睛，
朝狩野楠打招呼，“昨晚睡得好吗？”
昨晚睡得好吗？狩野楠问自己。
好像已经很长时间没有做过梦了。
连醒着与睡着都不太能分辨得清。

“狩野君看起来很悲伤呢。”长着哲也的面庞的少年说，
“让我来吃掉你的悲伤吧。
“我是专门吃掉人类悲伤梦境的食梦貘。
“那么接下来的日子也拜托了。”

食梦貘·少年·盛夏『夢喰い 少年の夏』

）

（终）

拍摄工作间隙
吃饭时摄影师石头给大家咔嚓的合影

（从左至右：楠、哲也、舞子、瞳奈、作者）

ZUI Book

食梦貘·少年·盛夏

CAST

原著　程婧波

摄影　石　头

插画　舞小仙

出 品 人　郭敬明
项目总监　痕　痕
监　　制　与　其　刘　霁
特约策划　卡　卡　萧　鑫
特约编辑　童　童　周子琦

装帧设计　*ZUI Factor*　(*zui@zuifactor.com*)
设 计 师　付诗意

出　　品　上海最世文化发展有限公司
官方网站　*www.zuibook.com*
平台支持　最小说　ZUI Factor

食梦貘·少年·盛夏
夢喰い
少年の夏

【致 谢】

感谢日本学者、作家、翻译家立原透耶女士审定本故事中关于日本民俗及文化的部分。

感谢我的朋友范萍、笑冰、甘薇、子桐、芸丽、卓悦，以及云朵家，思念人之屋、魂喵妹抖店在拍摄过程中给予的帮助与支持。

特别要感谢《食梦貘·少年·盛夏》的拍摄团队：世界上最纯洁的灵魂摄影师石头老师（可是为什么所有的×笑话你都第一个懂……）以及石头老师的私人助理、伴侣、舞子奶奶的扮演者悠悠；在杀青之后才迎来了自己十七岁生日的楠的扮演者陌陌（请原谅我们偷偷叫你“徐政委”）；明明可以靠脸吃饭却性格可爱到不行的哲也的扮演者小星；还有身兼导演助理、摄影师助理、道具助理、模特经纪的女主角程一铭（你是我们心中永远的女一号）！

感谢应该感谢的所有人，也许你的名字没有直接出现在这里，请相信我心存感激。

感谢这个夏天。让我的少年心又燃烧了一季。
感谢读到这个故事的你。

程婧波

2016-3-31

图书在版编目（CIP）数据

食梦貘·少年·盛夏 / 程婧波著 . — 长沙 : 湖南文艺出版社 , 2016.5
ISBN 978-7-5404-7583-3

Ⅰ . ①食… Ⅱ . ①程… Ⅲ . ①故事 – 作品集 – 中国 – 当代 Ⅳ . ① I247.8

中国版本图书馆 CIP 数据核字（2016）第 082063 号

上架建议：青春·图文集

SHI MENG MO·SHAONIAN·SHENGXIA
食梦貘·少年·盛夏

作　　者：程婧波
出 版 人：刘清华
出 品 人：郭敬明
项目总监：痕　痕
责任编辑：薛　健　刘诗哲
监　　制：与　其　刘　霁
特约策划：卡　卡　董　鑫
特约编辑：童　童　周子琦
营销编辑：杨　帆
装帧设计：ZUI Factor（zui@zuifactor.com）
设 计 师：付诗意

出版发行：湖南文艺出版社
（长沙市雨花区东二环一段 508 号　邮编：410014）
网址：www.hnwy.net
印刷：北京缤索印刷有限公司
经销：新华书店
开本：880mm×1230mm 1/32
字数：30 千字
印张：7
版次：2016 年 5 月第 1 版
印次：2020 年 1 月第 2 次印刷
书号：ISBN 978-7-5404-7583-3
定价：36.80 元

质量监督电话：010-59096394
团购电话：010-59320018